さるとびすすけ
愛とお金とゴキZのまき

ぼくのおじいちゃんは、
あのゆうめいな「さるとびさすけ」
おとうさんは、「さるとびしすけ」
そしてぼくが、「さるとびすすけ」だよ。
いま、ニンジャ学校で
いっぱい　べんきょう　しているよ。
大人になったら　すごいニンジャになるんだ！

作絵 みやにし たつや

この人は　ニンジャなるへそ学校の
まゆげながぞう先生。

まゆげ先生の話を　いっしょうけんめい
きいているのが、ぼく、さるとびすすけ。
うしろで　ねているのが、ぐうのすけ。
ピンクのふくをきているのが、くのいちこちゃん。
くのいちこちゃんのとなりが、へんぞう。
まゆげがふといのが、ヒコたろう。
はなくそをほじっているのが、ほじえもん。
　そして……、まあ、みんなのことは
またこんど　しょうかいするね。

ニンジャとは
いろんなことを
できなくてはいけない。

水（みず）のなかに
はいったり、

高いところだって
こわがらない。
ゆらゆら

かべに
はりつきっぱなしの
ときだって
ある。
ぴたっ!

これから　おまえたちは　たくさん学び（まな）
いろんなことに　チャレンジして、
いちにんまえの
ニンジャに　なるんじゃ。

そのために、
世界でいちばん
たいせつなものは
なんじゃと思う？

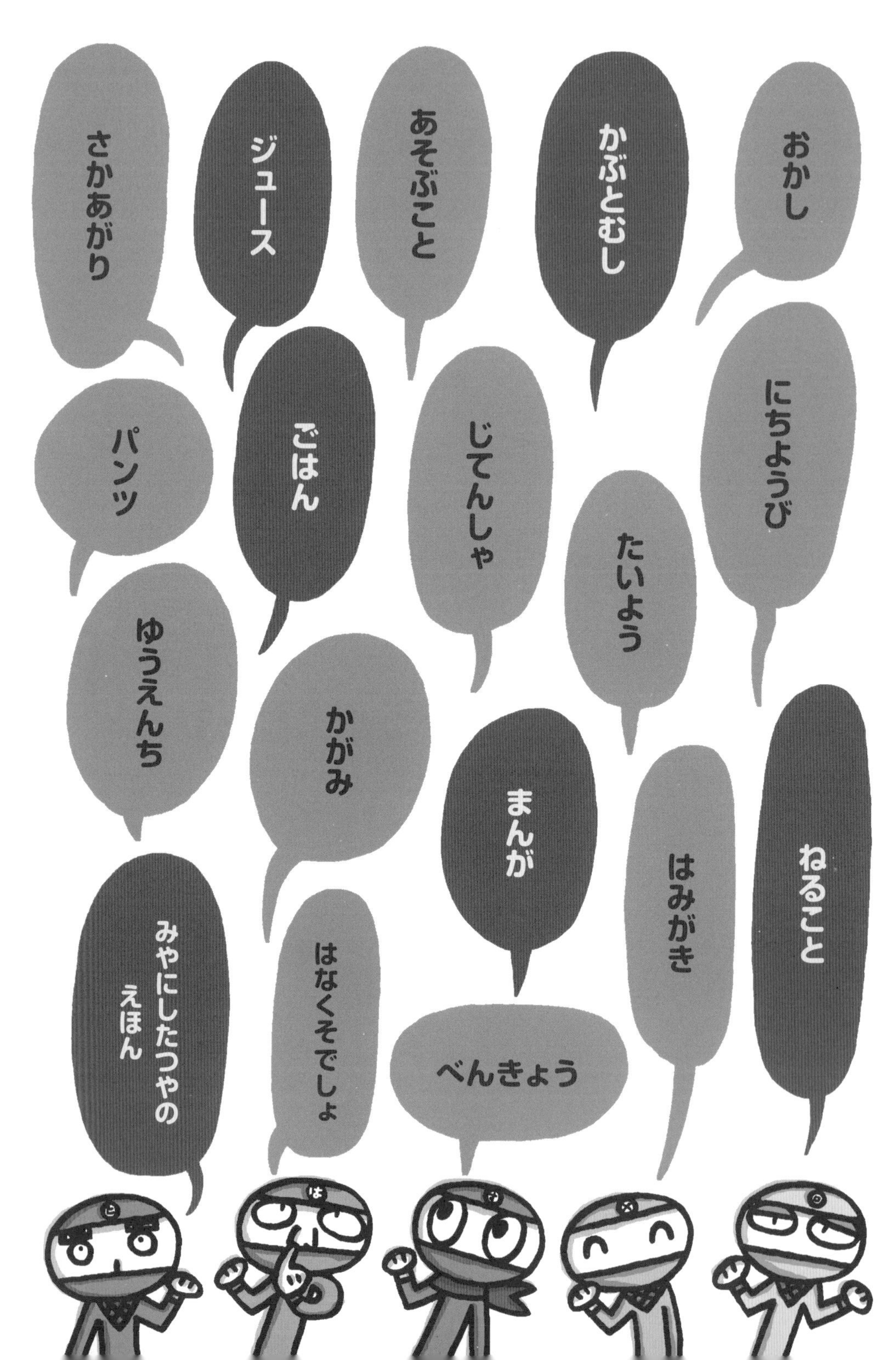

おかし
かぶとむし
あそぶこと
ジュース
さかあがり
にちようび
じてんしゃ
ごはん
パンツ
たいよう
ゆうえんち
かがみ
ねること
はみがき
まんが
べんきょう
はなくそでしょ
みやにしたつやのえほん

えいが
ぬいぐるみ
まぐろのさしみ
トイレットペーパー
そうじ
くすり
リボン
おふろ
うでたせふせ
ざぶとん
ふっきん
めがねやさん
へへへ…
みんな こどもだね。
おれは いっぱい
お金をもっている
大金もち！
よのなか お金だよ。

「そ、そうか　お金か…
お金は　だいじじゃ。
それでは、お金について
みんなで
考えてみるとするか」

つぎのページでじぶんのきんせんかんかくをチェック！

さあ、キミは なにタイプかな？
あみだが おしえてくれるよ
❶をえらんだあなた
❷をえらんだあなた
❸をえらんだあなた
❹をえらんだあなた
❺をえらんだあなた
❻をえらんだあなた

いつもひもじいタイプ

お金は、ためているだけではダメ。
なにも買えないから、いつも
ひもじい　せいかつになっちゃう。

みためはハデタイプ

みためはハデでも、お金がたまら
ない。ほんとうにひつようなとき、
こまってしまう　かのうせい大！

いちもんなしタイプ

お金のかちを　わかってない！？
このままだと、お金にきらわれて
「いちもんなし」になっちゃうかも。

お金でくろうしないタイプ

キミがこまったときは、こんどは、
きっと　だれかが　たすけてくれる。
お金で　くろうしないですみそう。

しっかりためるタイプ

お金をためつつ、ほしいものを
手にいれるキミは、しっかりもので
ちゃっかりものタイプだね。

じつはむだづかいタイプ

まいにち、すごくほしくなくても
買っちゃうので、じつは、いちばん
ほしいものが買えないタイプ。

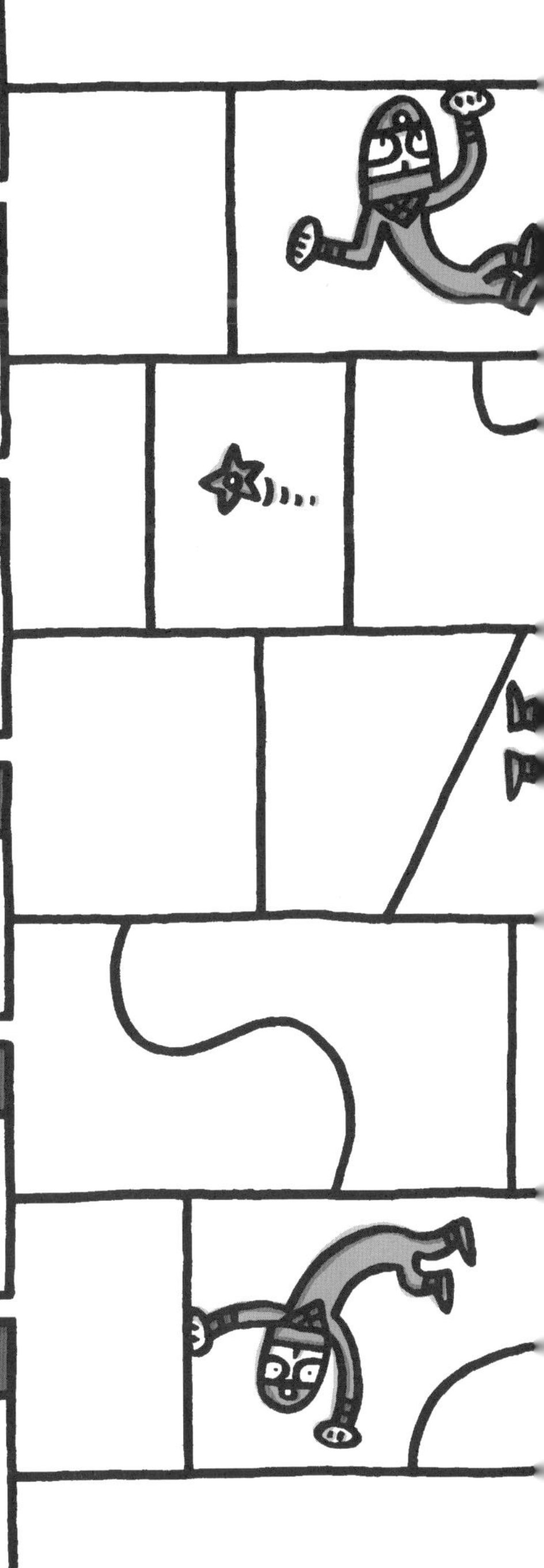

「がーん！
いつも　ひもじいんだって」
「おいらなんか
いちもんなしだよ……」
「ぼくが　むだづかい
タイプだったとは……」
「わたしも　そうだった……」
「ぼくは　しっかり　ためて
ほしいものを　じゃんじゃん買うんだ！」

みんなが　楽しそうに
話していると、
「たった一万円ぐらいで
ばかみたい……」
はっとりへんぞうが　いいました。
「へんぞうくん　一万円は
たったじゃないよ。大金だよ」
くのいちこちゃんが　そういうと
「へへへ……おれの　おこづかいは　百万円だぜ！」

はっとりへんぞう
あのゆうめいな
はっとりはんぞうのまご
わがままで
自分かってなせいかく

100万円！
いつも小さな目の
ヒコたろうの目が
とびだしました。
ヒコたろう
いつもは
めだたなくて
おとなしいが
リアクションはスゴイ

「みんなは　きょうかしょを　やすい
ふろしきで　もってきているけど、
へへへ……おれの
ふくは　チャンネル！
そして、スカーフも　バッグも、
はいてる　たびも
ぜーんぶ　ブランドもの！
お高いんだぜ　へへへ…」
みんなは、ちょっと　うらやましく思いましたが、

よく　考えると……、
ふろしきなら
小さいにもつも
大きいにもつも
じゆうに　いれられるよ
へんぞうのバッグ
大きいもの　ぜんぜん
はいらないな
へんぞうが
どろんこあそび
みんなとしないのは
バッグとふくが
よごれちゃう
からでしょ

その　ようすを　うえから　みている
ものが　いました。

ニンジャどくろ学校の
はらぐろわるぞう先生と
せいとたちでした。

そういって
かえっていきました。

「やっぱり　お金は、いちばんたいせつなもの
では　ないんじゃないかなあ」
すすけが　そういうと、まゆげ先生が
「そのとおりじゃ。いっぱい　お金があっても
だめなんじゃ。では、ほんとうに　たいせつな
ものとは　なんだと思う？」
「先生、せいかく　じゃない？」
ヒコたろうが　そういうと――

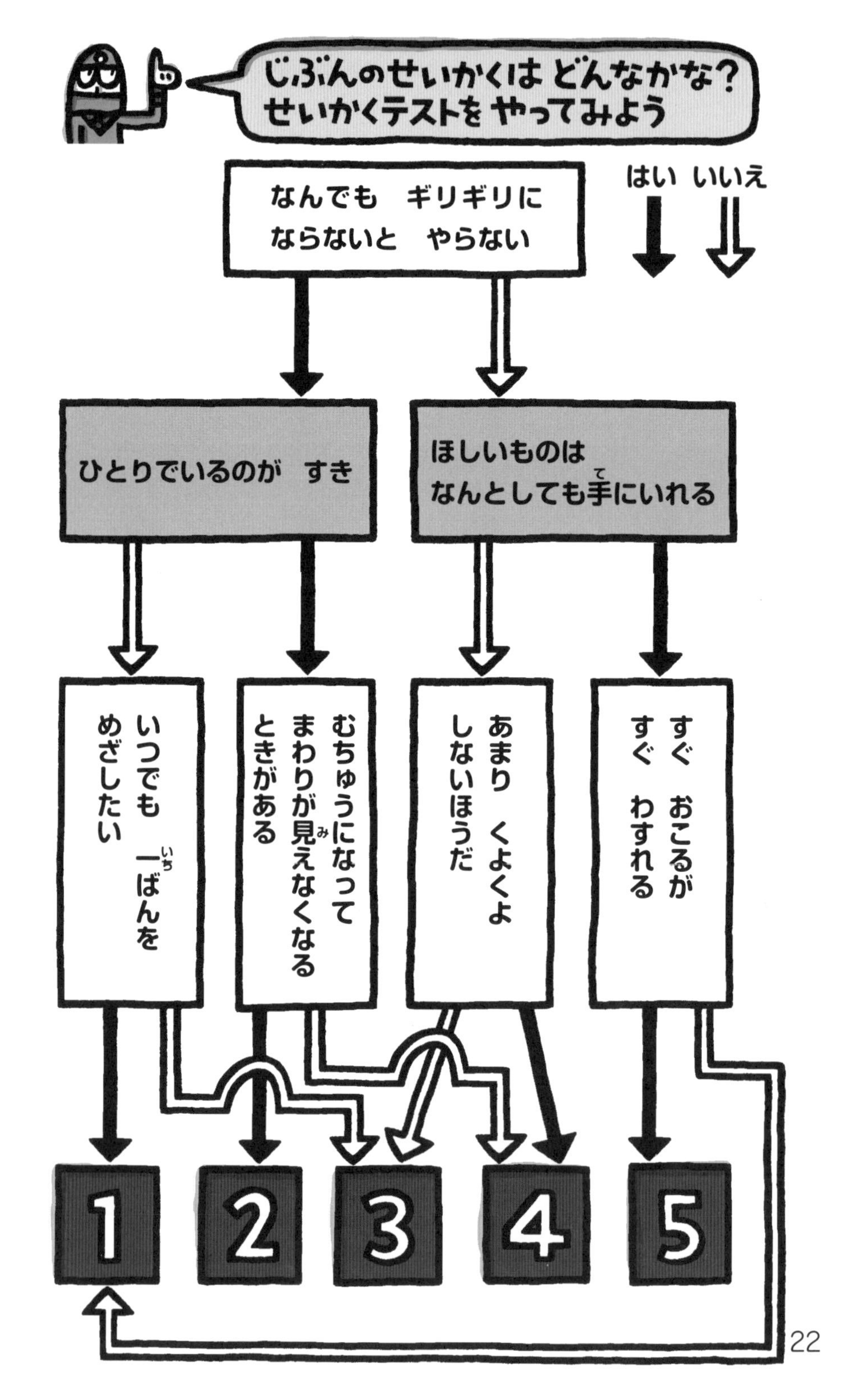
じぶんのせいかくは どんなかかな？
せいかくテストを やってみよう
はい
いいえ
なんでも　ギリギリに
ならないと　やらない
ひとりでいるのが　すき
ほしいものは
なんとしても手にいれる
いつでも　一ばんを
めざしたい
むちゅうになって
まわりが見えなくなる
ときがある
あまり　くよくよ
しないほうだ
すぐ　おこるが
すぐ　わすれる
1
2
3
4
5

1

りそうをめざす　どりょくかタイプ

あかるくて　友だちが　おおい。
りそうを　めざして　がんばれるタイプ。
でも、すこしみえっぱりな　ところがあるよ。

2

すきなものにむちゅう　ねっちゅうタイプ

すきなものには、すごい　しゅうちゅうりょくを
はっきする。そのかわり、すきじゃないことには
みむきもしない。

友だちをだいじにする　せわずきタイプ

まわりの人の　おせわをするのが　だいすきな
しっかりもの。
でも、すこし　あまえんぼうかも。

あらそいごとはにがて　おっとりタイプ

あらそいごとが　にがてで、
どんな人とも　おしゃべりできるタイプ。
たまに　人の話を　きいてないときがある。

5

しきるのだいすき　リーダータイプ

まわりを　ひっぱっていく
リーダータイプ。
いばりすぎて　友だちに　きらわれないようにね。

どうだったかな、あたってただろ

「つぎは　ファッションで　チェック！」
いつも　ニンジャは　じみで　めだたない　ものしか　きないが　ときにはファッショナブルな　ものも　いいもんじゃ
かなり　きにいってる　きめのポーズ
クネクネ
先生は　いえでは　ハートがらのシャツに　ジーンズを　はいているんじゃ
ひどすぎる
にあわない…

どれもカッコイイだろ!

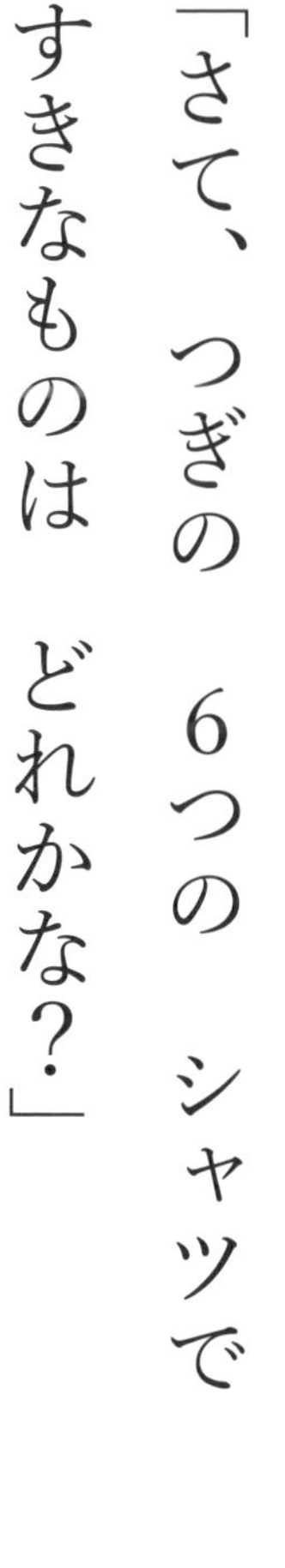
「さて、つぎの　6つの　シャツで
すきなものは　どれかな?」

A
よこじまのシャツ

D
3824
0123456
数字のシャツ

B
This is
a
PEN
えいごのシャツ

E
キャラクターの
シャツ

C
ヒョウがらの
シャツ

F
ジャージ

自分がスキな
シャツを
一つえらべ!

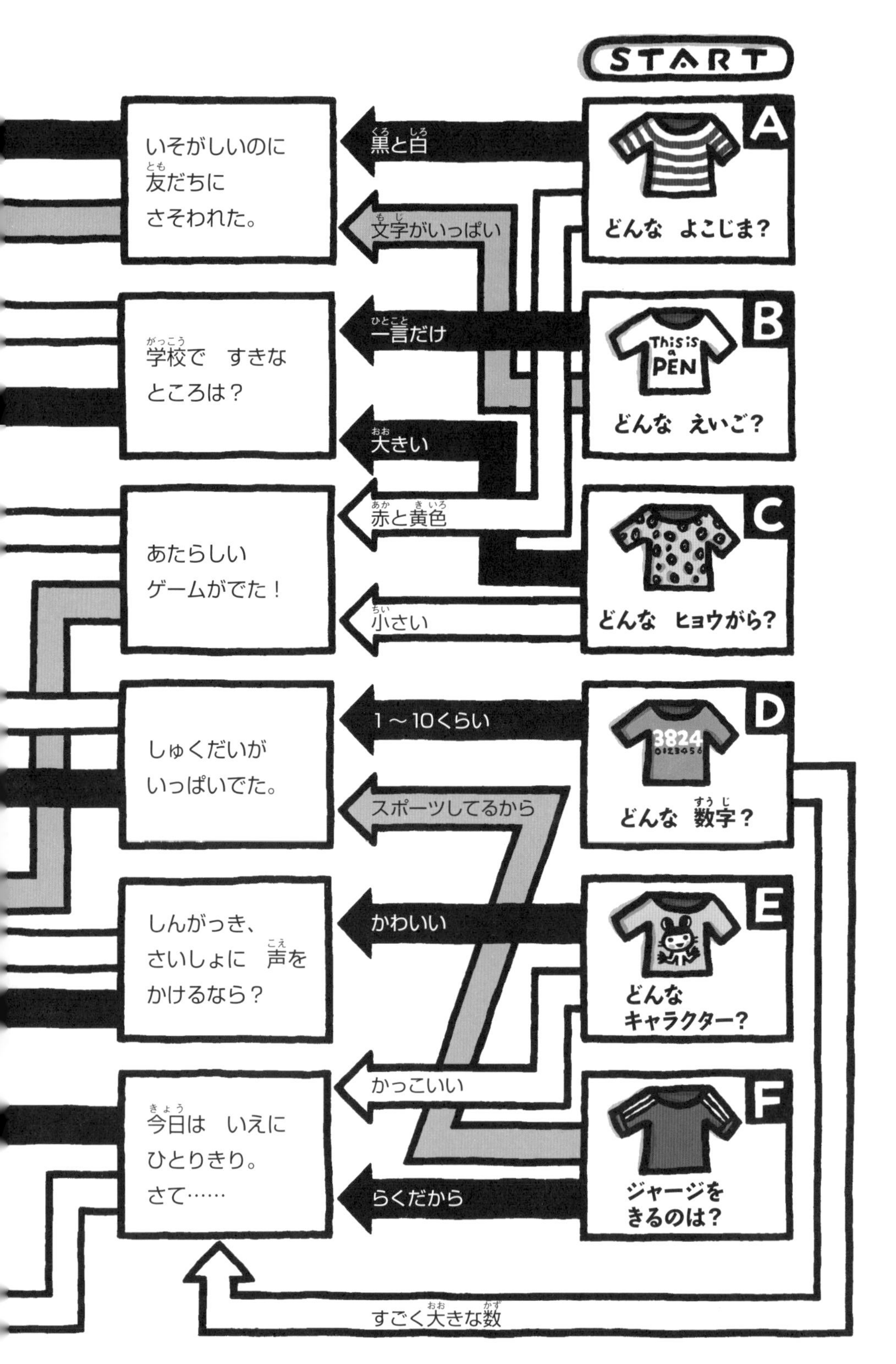
START
A
どんな　よこじま？
B
This is a PEN
どんな　えいご？
C
どんな　ヒョウがら？
D
3824
0123456
どんな　数字？
E
どんなキャラクター？
F
ジャージをきるのは？
黒と白
文字がいっぱい
一言だけ
大きい
赤と黄色
小さい
1～10くらい
スポーツしてるから
かわいい
かっこいい
らくだから
すごく大きな数
いそがしいのに友だちにさそわれた。
学校で　すきなところは？
あたらしいゲームがでた！
しゅくだいがいっぱいでた。
しんがっき、さいしょに　声をかけるなら？
今日は　いえにひとりきり。さて……

キミはどんなタイプだったかな?

ふつうタイプ

人と　きそいあうことが　にがてなキミ。
ふつうなものを　えらびがちだけど、
あまりクヨクヨしないのが　いいところ。

あこがれタイプ

「あの人みたいになりたい」という
あこがれの心が　つよいキミ。
そのためになら　とっても　がんばれる。

じしんかタイプ

人とちがうことを　やるのがすきなキミは、
自分に　じしんがある。そのじしんを
いつまでも　もちつづけてほしいな。

しっかりタイプ

やるべきことを　ちゃんとやるキミは、
自分のいけんも　きちんと　つたえられる、
しっかりものタイプ。

しゅみがだいじタイプ

しゅみを　だいじにするキミ。
しゅみのことだと　すごい力をはっきして、
びっくりするようなことだって　できるかも。

らくちんタイプ

らくなことが　すきなキミ。なまけものと
思われがちだけど、キミが　いるだけで、
みんな　ゆったりした　気もちになれるよ。

あそびにいく
先生
すぐに買う
めだっている子
じゅぎょう
ことわる
すぐおわらせる
ひょうばんをしらべる
かわいらしい子
あとでやればいいや
おもいっきりねる
夜ふかししてテレビをみまくる

どうじゃ　このように　せいかくは　人それぞれじゃ。そんな自分が　どう　生きていくかが　たいせつ　なんじゃ。
さあ　いまから　そのヒントを　ききに　いってみよう。それでは、みんなで　てを　つなぐんじゃ。
どこに？
だれに？
いまから　どうやって　いくの？

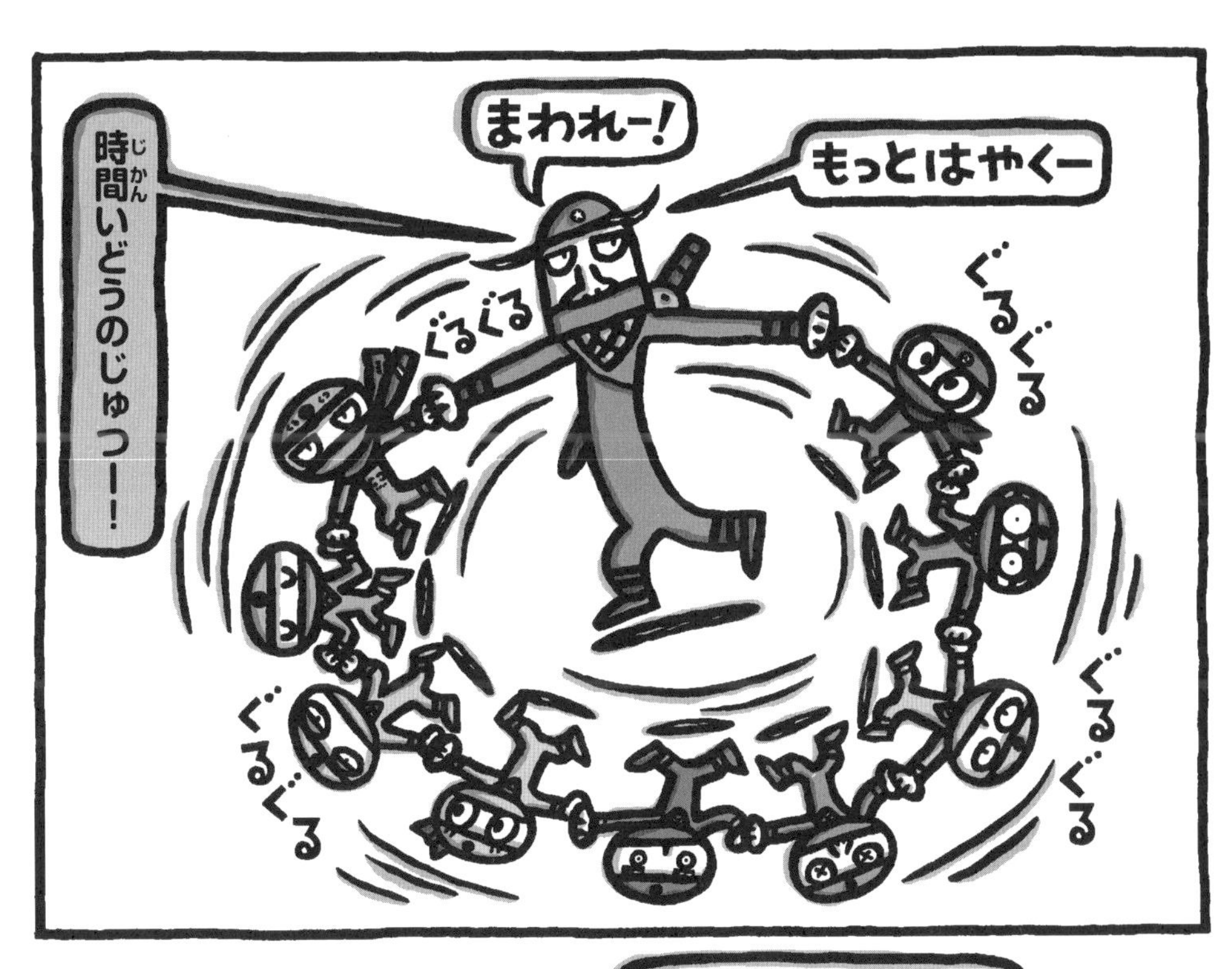
まわれー！
もっとはやくー
時間(じかん)いどうのじゅつー！！
ぐるぐる
ぐるぐる
ぐるぐる
ぐるぐる

うわぁーー！
ぐるぐるぐるぐる
ぐるぐる
ぐるぐる
ぐるぐる
ぐるぐるぐる
ぐるぐるぐる

ゴロ　ゴロ　ゴロゴロゴローン！
気がつくと　すすけたちは
おかの　上に　ころがっていました。
「こ、ここは　どこ？」
「みんな　だいじょうぶか？」
先生が　そういうと
すすけが　さけびました。
「あっ！　あっちに　人が　いるよ」
「いってみよう」

なんと　じゅうじかに　人が
はりつけに　されていました。
「お、おじちゃん、なぜ
こんなふうに　されてるの？
なにか　わるいこと
したの？」
すすけが　きくと、
その人は
やさしい　声で――、

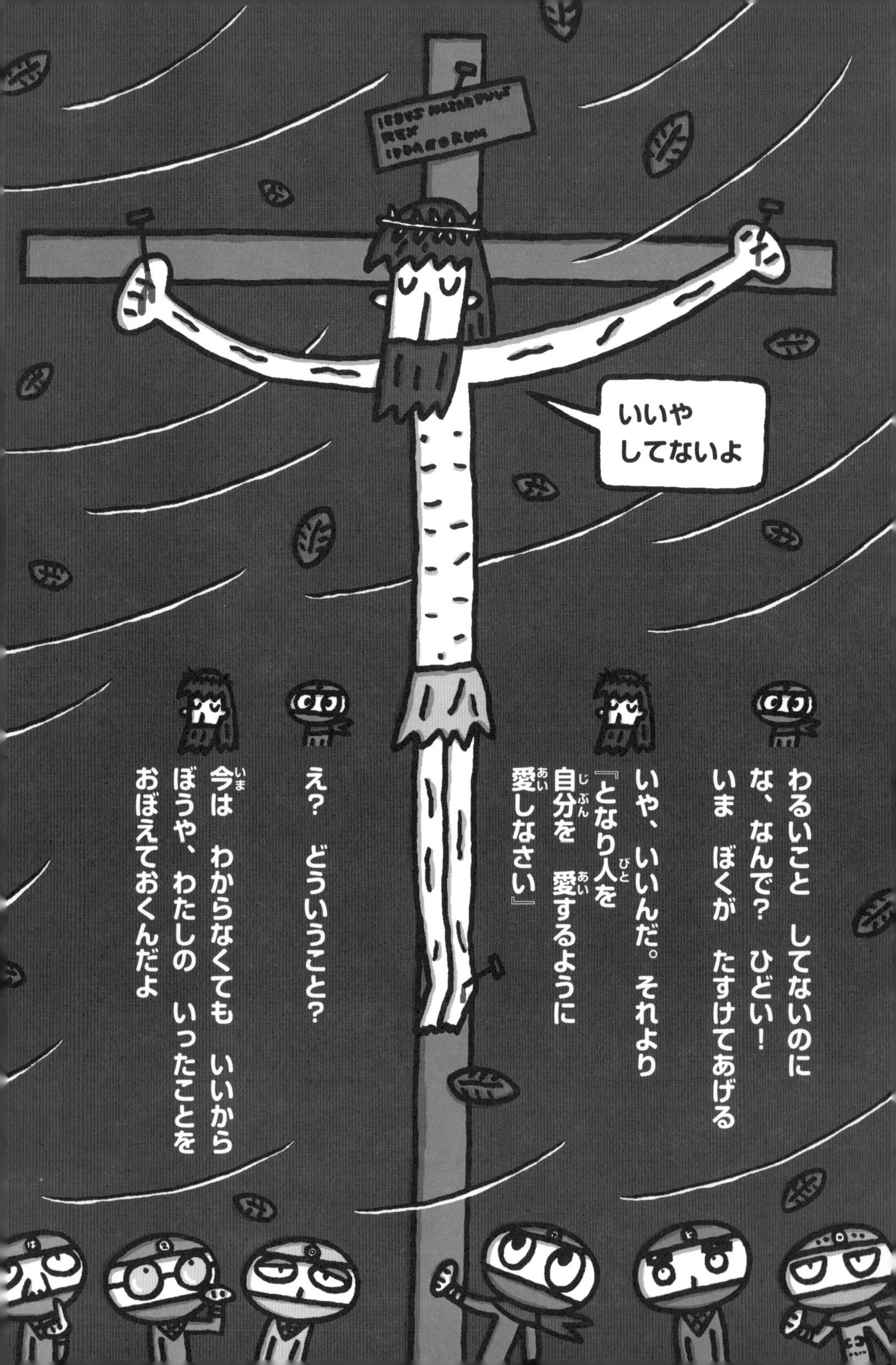

いいや
してないよ
わるいこと　してないのに
な、なんで？　ひどい！
いま　ぼくが　たすけてあげる
いや、いいんだ。それより
『となり人を
自分を　愛するように
愛しなさい』
え？　どういうこと？
今は　わからなくても　いいから
ぼうや、わたしの　いったことを
おぼえておくんだよ

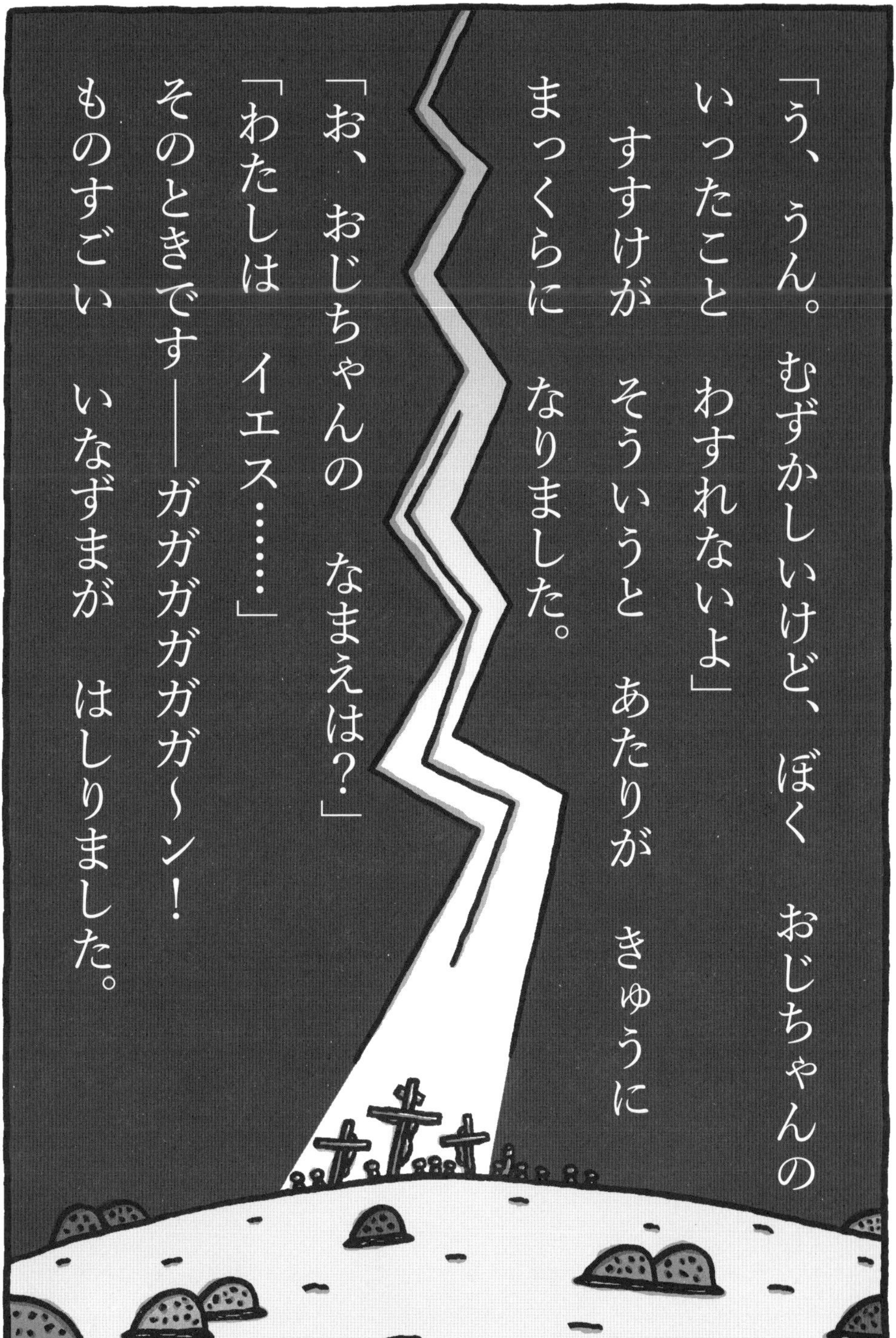

「う、ぅうん。むずかしいけど、ぼく　おじちゃんの
いったこと　わすれないよ」
すすけが　そういうと　あたりが　きゅうに
まっくらに　なりました。
「お、おじちゃんの　なまえは？」
「わたしは　イエス……」
そのときです――ガガガガガ～ン！
ものすごい　いなずまが　はしりました。

「うわぁー！」
気がつくと　みんなは
もとの教室に　もどっていました。
でも、
「あれ……　すすけが　いない……」
そのころ　すすけは　なんと――

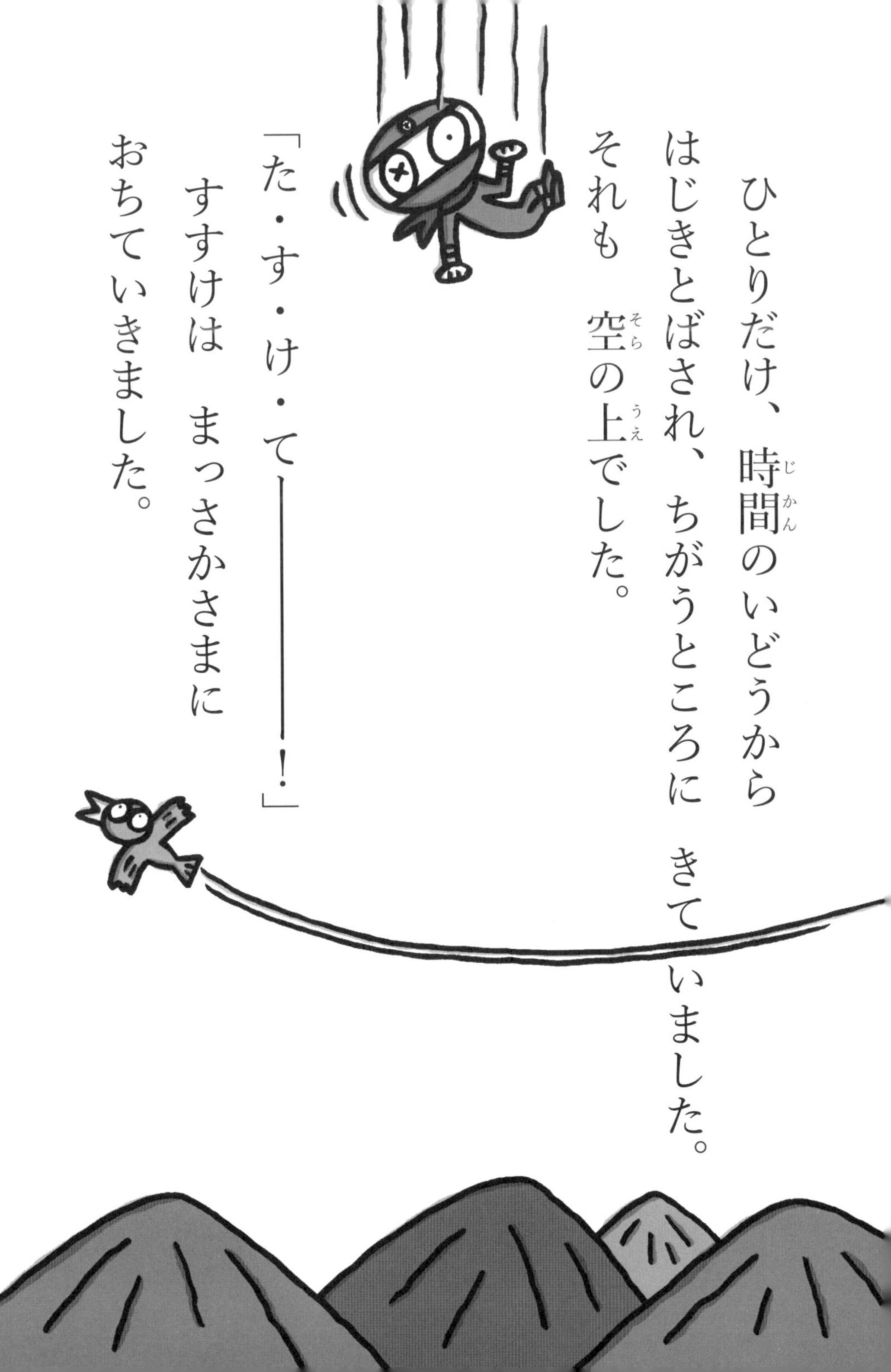

ひとりだけ、時間のいどうから
はじきとばされ、ちがうところに　きていました。
それも　空の上でした。

「た・す・け・て――――！」
すすけは　まっさかさまに
おちていきました。

だ、だれか たすけてー
じめんまで　あと200m（メートル）……100m（メートル）……

じめんまで
あと50m……40m……30m……20m……10m……

も、もうだめだ――

と、そのとき――

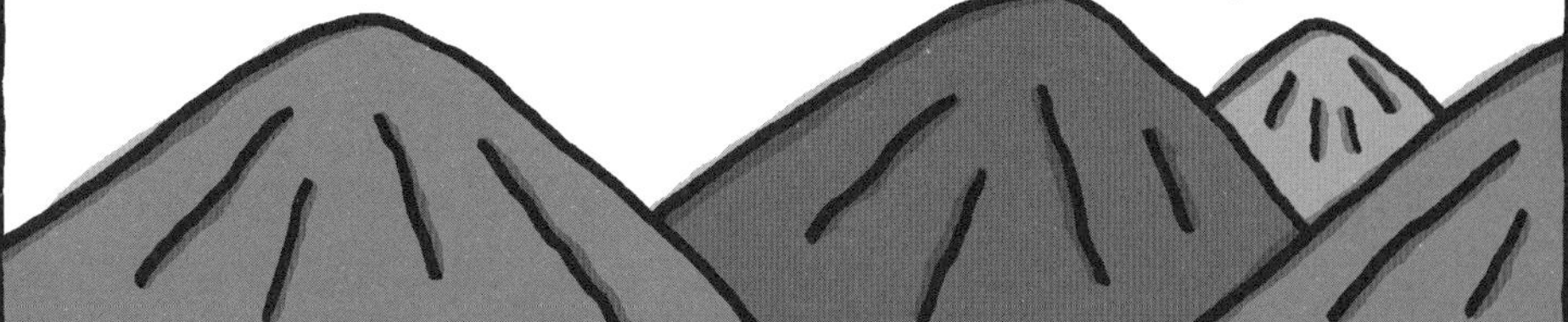

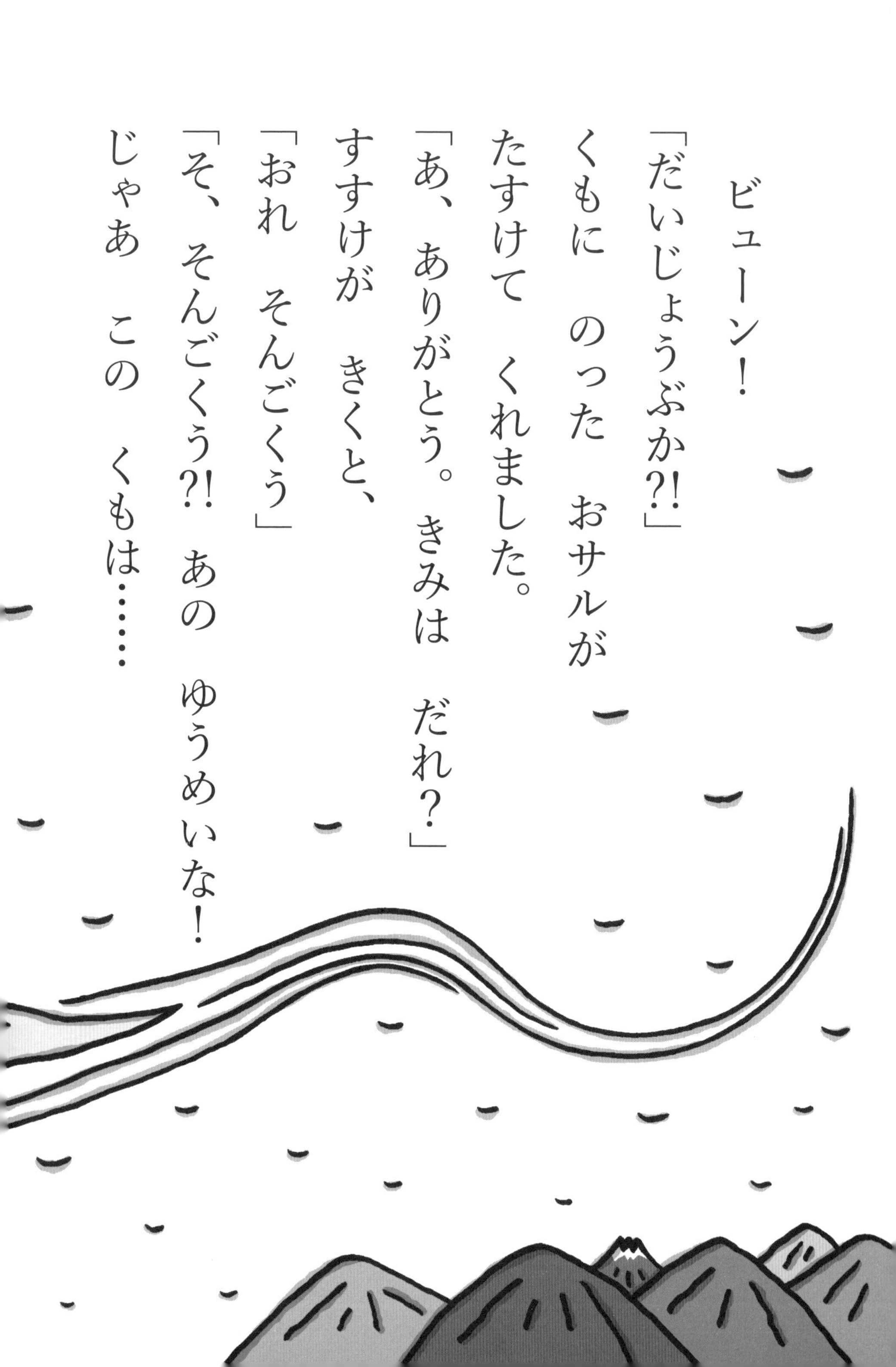

ビューン！

「だいじょうぶか?!」

くもに　のった　おサルが
たすけて　くれました。

「あ、ありがとう。きみは　だれ？」

すすけが　きくと、

「おれ　そんごくう」

「そ、そんごくう?!　あの　ゆうめいな！

じゃあ　この　くもは……

もしかして　キントウン?!」

「ああ。このキントウンに　のって
おしゃかさまの　手の　とどかない
ところまで　とんでいけたら、
神さまに　してくれるって
おしゃかさまが
やくそくしてくれたんだ。
すっごいだろうー!」

「う、うん、すごーい」

「ねぇねぇ　そんごくうは
じゅつが　いっぱい
つかえるんだよね。
みせてよ」
「いいよ。
まずは　毛をけ
プチップチッと
ぬいて、
ふっふーっと
いきを
かけると～」

「ぶんしんの
じゅつ！」
ジャーーーーン

「つぎは、
りくっそ
りくっそ
けすす
ドロドロドロ
ドロ～ン」
そんごくうが
じゅもんを
となえると

「へんしんの
じゅつ！」
ジャ、ジャーーン
「なんにでも
なれるよ。
すごいだろ！」

キントウンにのって　ふたりが
だいぶ　とおくまで　とんでくると、
くもの下から　にょきっと　5本のはしらが
でてきました。

「だ、だめだよ、そんごくうくん！」

すすけが　いったときです――

あたりが　まっくらになり
な、な、なんと　はしらが　うごきました。

「うわぁ――――！」

「ごくう　やはり、おまえは
わがままで　自分のことしか
考えていませんね」
なんと、はしらは　おしゃかさまの
ゆび　だったのです。
そんごくうと　すすけは
おしゃかさまの　手の
なかに　いたのです。

「ごくうよ！
もっと　もっと
人のことを
考えなさい。
おもいやりの心を
もちなさい」
そう　おしゃかさまが
いったときです――

ピカッ　ガラガラ
ガッガーン

かみなりが　おちて——

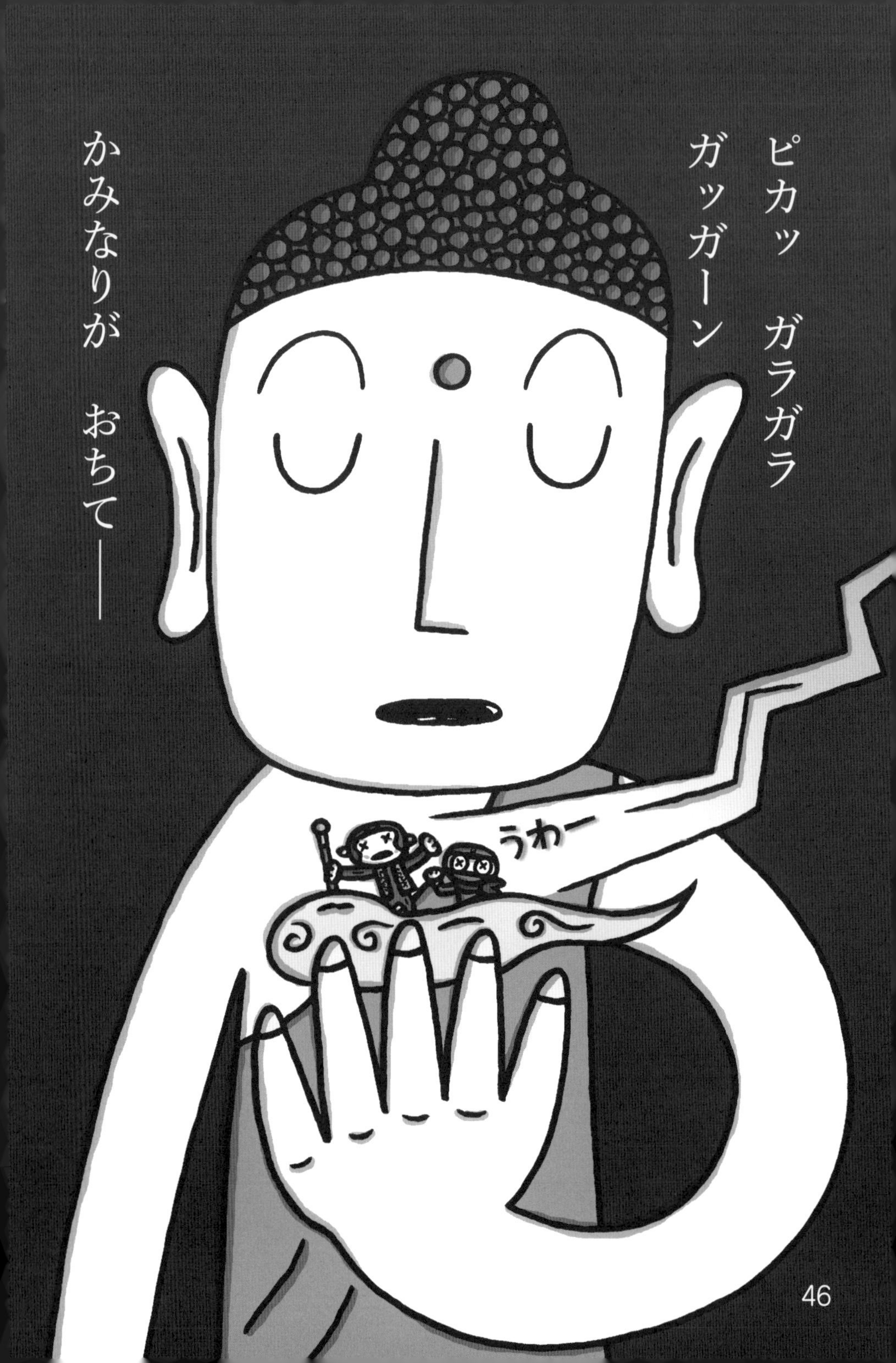

すすけは
またまた　べつのところに
ジャッボーン！
川のなかに　おちました。
「だ、だれか　たすけてー！
ぼく　およげないんだ……」
バシャバシャバシャバシャ……

すすけが　おぼれていると
川(かわ)かみから
ドンブラコッコ
ドンブラコッコと　大(おお)きな
ももが　ながれてきました。
「あの　ももに　つかまろう」
すすけが　ひっしに
つかまろうと
したときです。

ひょいっ！
川（かわ）に　せんたくに　きた
おばあさんが、
すすけを
たすけてくれました。

そのあと　おばあさんは
すすけを　いえに
つれて　かえると――

おじいさんと　ふたりで
あたらしいきものを
きせてくれて、
きびだんご
おいしいよ
おだんごまで
くれました。
「なぜ　こんなに
やさしく
してくれるの？」
すすけが　きくと

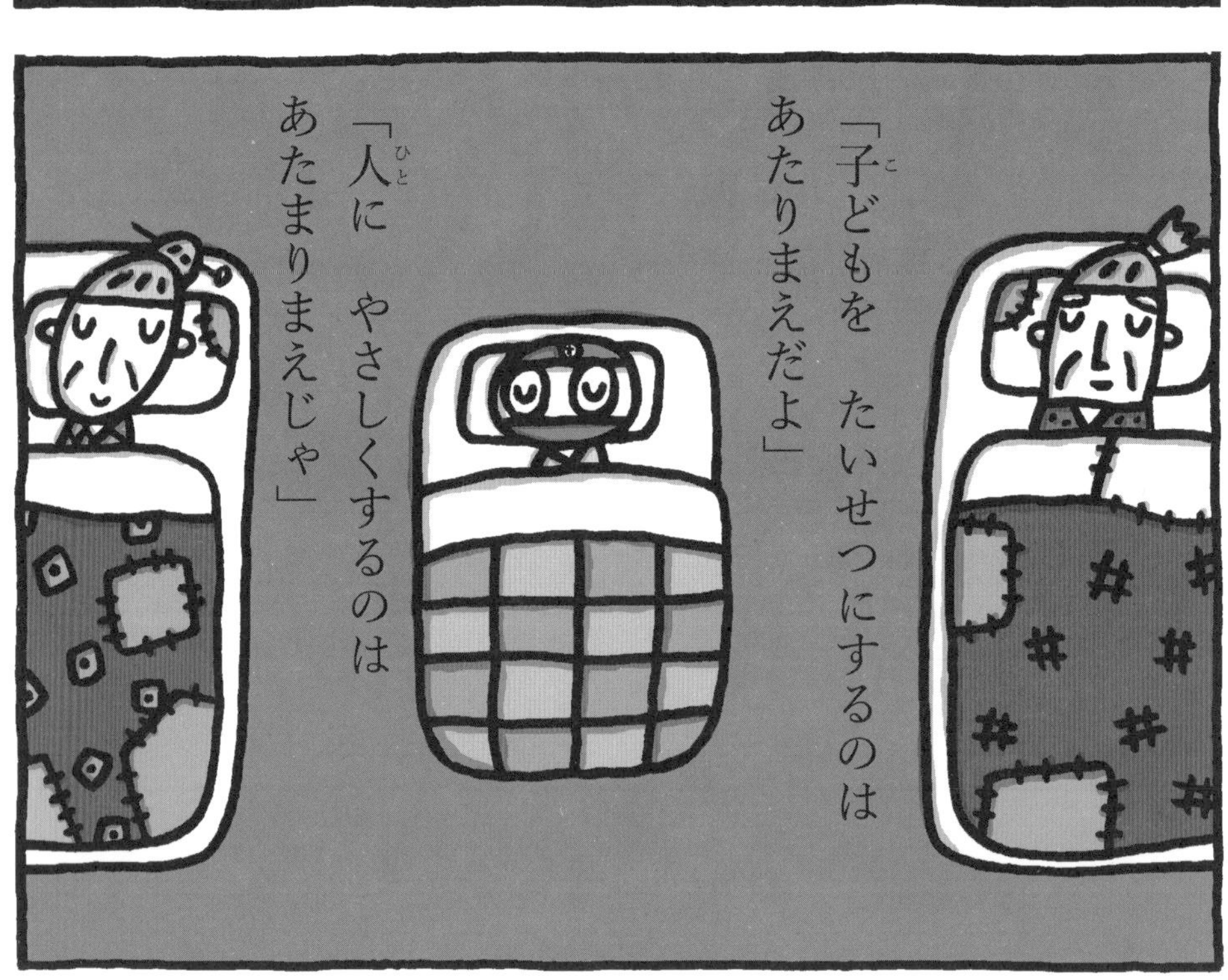
「子どもを　たいせつにするのは
あたりまえだよ」
「人に　やさしくするのは
あたりまえじゃ」

「ふたりとも　なんて
やさしいんだろう……
でも、このままだと
ももたろうが
うまれてこなくなる……
た、たいへんだ……」
おじいさんと
おばあさんが
ねむってしまうと
すすけは
さっきの川に
はしっていきました。
すると

大きなももが
いわのところに
ひっかかっていました。
よかった

そして、
ももを　かついで
おじいさんと
おばあさんの
ところに　かえると
そっと
ももを　おき
すすけは
とぼとぼと
あるきだしました。

「さようなら。やさしく
してくれたこと　わすれません」
すすけが　そういったとき、
あたりが　まっくらになり
ピカッ　ガラガラガガーン！
いなずまが　はしりました。
「うわぁ――――！」

そして
すすけは　やっと
みんなのいる教室に
もどってきました。
「すすけ、
ぶじでよかった！
あれから　おまえは
どんなことを
みてきたんじゃ？」

あのあと　ぼく　そんごくうと
おしゃかさまに　あったんだ。
おしゃかさまは　そんごくうに、
「人のことを　考えなさい
おもいやりの心を
もちなさい」
って　いってた。
斉天大聖

それから　ももたろうの
おじいさんと　おばあさんに
あって、　とってもやさしく
してもらったんだ。
どうしてって
きいたら
「人にやさしく
するのは
あたりまえじゃ」
といっていたよ。

それで　ぼく、
あの　じゅうじかの　おじちゃんの
いってたことを　思いだしたんだ。
あのことばは……
友だちや　かぞく、
まわりにいる人みんなに
おもいやりを　もって
やさしくしなさいって
いうこと　なのかなあって。

すすけ　すばらしい！
世界には　ほかにも
すごい人たちの
ことば、「名言」が
たくさん　あるんじゃ

ということで
これから
名言クイズじゃ

名言クイズ①

［　　　　］の中のことばは　なんじゃ？

↓

［　　　　　　］のために　なにかを
することで、だれもが　すばらしい
人に　なれます。

（キング牧師の名言）

キング牧師は、じんしゅさべつにはんたいした人じゃ！

「な、なさけない……
せいかいしたのは
たったのひとり……」

つぎは　かがくしゃの
アインシュタインさんの
名言(めいげん)じゃぞ!
それがこれ
へんてこな
名言(めいげん)クイズ❷
(アインシュタインの名言(めいげん))
たにんのためにつくす人生(じんせい)こそ［　　　］人生(じんせい)だ
はなくそ
［　　　］の中(なか)のことばは　なんじゃ?
お金(かね)もちになれる
そんする
ふつうの
すすけさん
けらいになるから
きびだんご
ください
おもしろい
うれしい
かちある
つまらない

つぎの　クイズは
詩人で　てつがくしゃの
エマーソンさんの
名言じゃ

それがこれ

名言クイズ③

だれかに
［　　　　　　］人間であれ

（エマーソンの名言）

［　　　　］の中のことばは　なんじゃ？

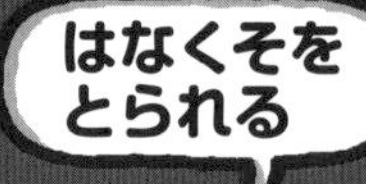

こたえは…ひつようとされる

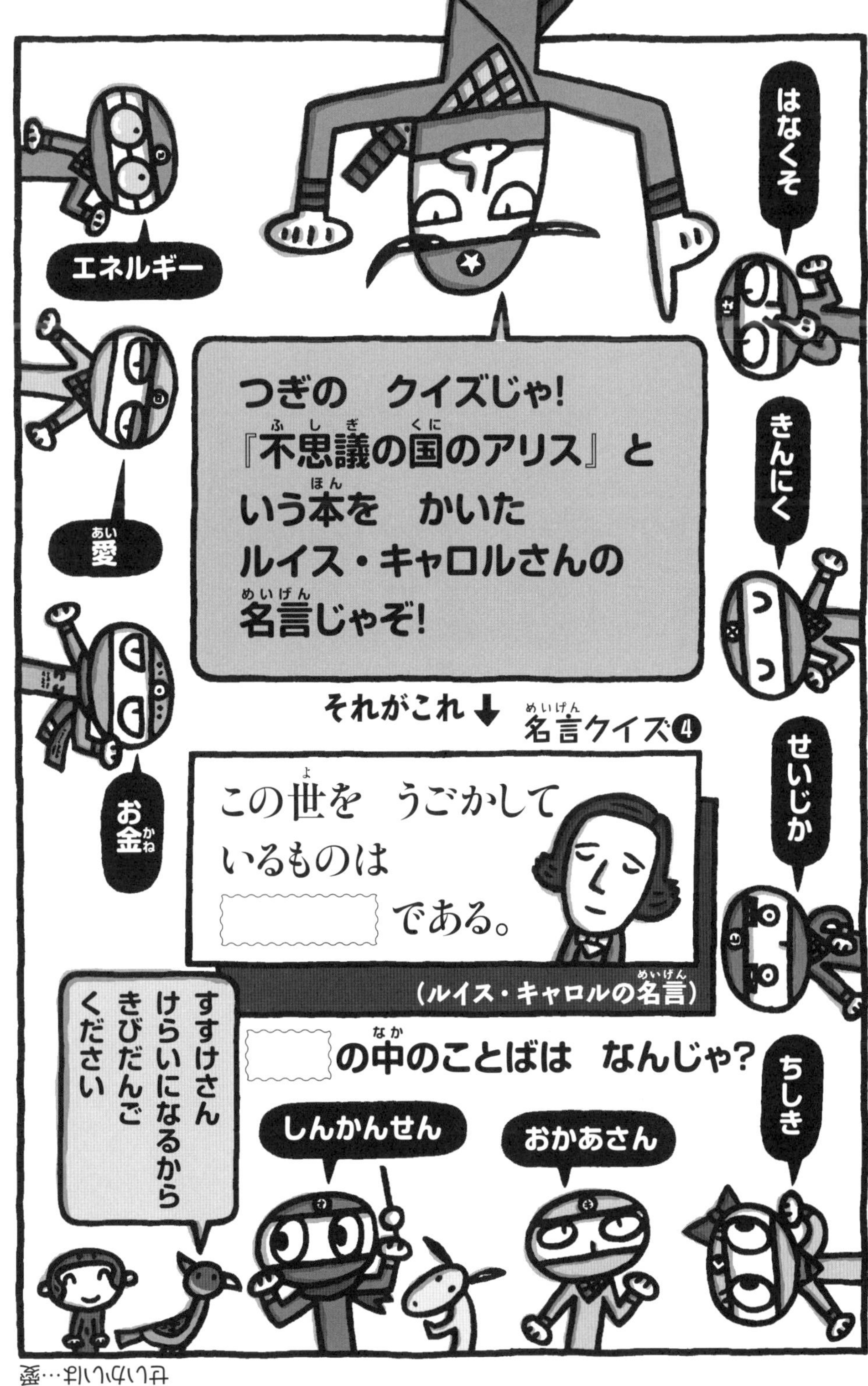

はなくそ
エネルギー
つぎの　クイズじゃ!
『不思議の国のアリス』と
いう本を　かいた
ルイス・キャロルさんの
名言じゃぞ!
きんにく
愛
それがこれ
名言クイズ❹
この世を　うごかして
いるものは
　　　である。
（ルイス・キャロルの名言）
せいじか
お金
　の中のことばは　なんじゃ?
ちしき
すすけさん
けらいになるから
きびだんご
ください
しんかんせん
おかあさん

こたえは…愛

さいごは　中国のてつがくしゃ
孔子さんの名言
それがこれ
名言クイズ❹
自分がいやなことは
。
（孔子の名言）
の
中のことばは
なんじゃ?
すぐやろう
ひとにやっては
いけない
しなくていい
かわいく
ないこと
お金がないこと
ねぶそく
ありません
はなくそです
べんきょう
せいかいは…ひとにやってはいけない

さて そのころ、ひとざとはなれた山のなか、
はらぐろわるぞう先生が ニンジャどくろ学校で
じゅぎょうを していました。
これから いじわるで
ズルくておそろしい
ニンジャになるため
おまえたちに
ワルイことをいっぱい
おしえてやる ヒヒヒ……
8月23日生まれ
ドクロざ
こうみえても82さい
けつえきがたB型

「まずは　おまえたちが　どれくらい　ワルくて
ズルイか　テストしてやるぜ　ヒヒヒ……」
わるぞう先生は　そういうと　せいとたちに
しつもんを　しました。

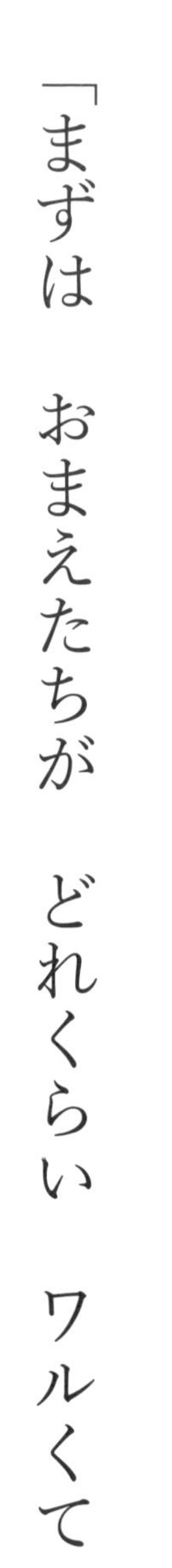

つぎの しつもんに そうだと おもったら
チェックのらんに まるを しなさい

	チェックらん↓
①ひろったお金を　つかったことがある	
②道に　人が　たおれていても、みてみぬふり	
③テストでカンニングするのは　あたりまえ	
④赤しんごう　みんなでわたれば　こわくない	
⑤つまみぐいが　大すき	
⑥このまえ、夜ふかしを　してしまった	
⑦友だちを　だましたことがある	
⑧つい、人のわるぐちを　いってしまう	
⑨やくそくは　まもらなくていい	
⑩かぞくに　ウソをついたことが　ある	
⑪いちども　お手つだいをしたことが　ない	
⑫ぎんこうごうとうを　したことが　ある	
⑬なんでも　人のせいにする	

まるを つけたかず	個

さあ、まえのページの まるをつけたかずで みんなの「あくとう度」がわかるぜ！

0このあなた	1〜3このあなた	4〜8このあなた	9〜12このあなた	13このあなた
てんし キミは ただしい心の かたまり みたいな人。もしかして、人間というより 天国からきた てんしなのかも?!	**スーパーゆうとうせい** キミは まっすぐな心をもった ゆうとうせい。いい子すぎる くらいだから、たまには ハメを はずしてみても いいかも。	**フツーのかんかくをもった、ぜんにん** キミは フツーのかんかくをもった ぜんにん。ほかの人のために がんばれる やさしい心の もちぬし。	**あくとうというより、むしろ しょうじきもの** キミは 自分のことを つつみかくさず みつめられる しょうじきもの。しっぱいを はんせいすることが できれば きっと あかるいみらいが まっているよ。	**しょうしんしょうめいの、大あくとう** しょうしんしょうめいの 大あくとうな キミ。わるぞう先生を てつだって あくのボスを めざせ！

な、なさけない・・・・

ぼくは 0こ！

ぼくたち 6こだよ

ぼくは 9こ

ぼくは 3こ

つぎのもんだいじゃ!
下の1～4の　ようかいで
自分が　なりたいのは　だれかな?

3
オオカミ男
いつもは　人間のすがただが
まんげつをみると　オオカミ男に
ヘンシンする。

1
ドラキュラ
血を　すうのが　大すき。
血を　すわれた人も　ドラキュラに
なる。

4
カッパ
キュウリが　大すき。
川に　すんでいて、ウシだって
川のなかに　ひきずり
こんだりする。

2
死神
人のいのちを
自分の　思うようにできる
オソロシイ
そんざい。

1 ドラキュラ

ドラキュラを　えらんだキミは、
ちょっといじわるな
ところも　あるけど、
ほんとうはまわりの人に
きちんと
気づかいができる、
れいぎただしいジェントルマン。

2 死神

死神を　えらんだキミは、
人のよわみを
みつけるのが　とくい。
でも　それは、
キミが　いつも
まわりの人たちを
しんけんに　しっかり
みつめているからなんだ。

3 オオカミ男

オオカミ男を　えらんだキミは、
らんぼうものと
思われがちだけど、
じつは、
かぞくや友だちのことを
たいせつに思っている、
とっても　やさしいやつ。

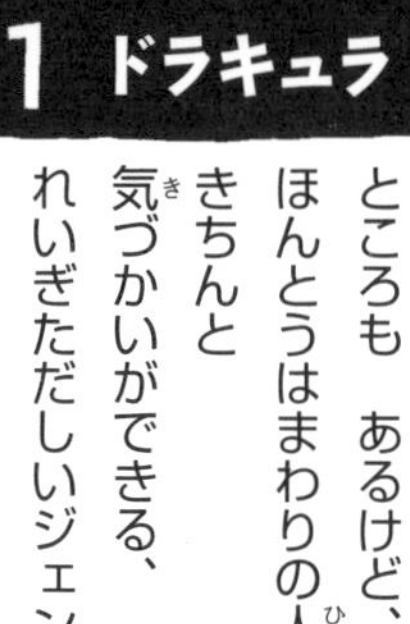

4 カッパ

カッパを　えらんだキミは、
イタズラだいすき。
友だちと　わいわい
あそぶのが
すきだから、
ふざけてしまうときも
あるよね。
ようきで、みんなの　にんきもの。

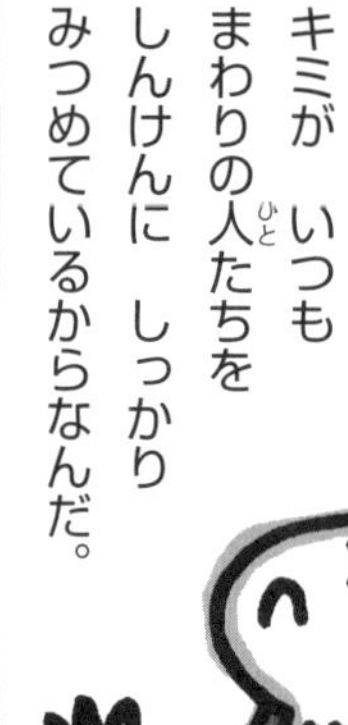

な、なんだ　おまえたちは……
ぜんぜん　ズルくも　ワルくも
いじわるでも　ないじゃないか
そんなことでは
ニンジャなるへそ学校のやつらに　かてんぞ……
もう　おまえたちには
まかせられん！

そこで——

わるぞう先生は さいきょうロボ
「ゴキワルダーZ」をつくった。

■からだは
ちょうごうきん60％
ポリエステル30％
アクリル10％

■ねんりょうは
ヒミツだぜ！

■しんちょう
12m30cm

■たいじゅう
5トン

■3万馬力

■とぶ はやさは 時速4km
（とぶのはにがてでおそい）

■ハネはきたない
あぶらでベタベタ。
さわった手で
おにぎりを
たべると
おなかを
こわすぞ！

■おなかの
なかには
5人くらいのれる

■はしる はやさは
100m 9.3びょう

■とってもくさい
ガスがでるぞ！

なぜ　ゴキブリがたロボットに　したかというと
ゴキブリは人るいがうまれる　ずっとずっと
ずーっと前（3おく年まえ）からいて
きらわれものだが　ほろびることなく
つよかったから（わるぞう先生より）

★つくるのにお金がものすごくかかった。
（わるぞう先生のきゅうりょう35年分）
■まっくらなところでもみえる目
■なんでもかみくだく口
■そうじゅうしつには1人しかのれない
■手や足のトゲトゲにはバイキンがいっぱい！
さぁ、こいつでニンジャなるへそ学校をせめるんだ！

そのころ、ニンジャなるへそ学校では
さぁ、いよいよ
さいごの　テストじゃ
1～5までの人で
たすけたいじゅんばんを
かきなさい。
たすけてー
3
たすけてー
2
ペロペロ
1
たすけてー

1ばんが　いちばん
あぶないかなあ
5ばん　だって
たいへんだよ
2ばんも
3ばんも
4ばんも…
5にんとも
たすけなきゃ
みんなで　ひとりずつ
たすければ？
たすけたい
じゅんばん
バサバサ
たすけてー
4
バキッ
ガラガラ…
ゴロゴロゴロ…
5
たすけてー

みんな すばらしい！

「ぜんいん、ごーかーく！
たすけたいと思う　その心が
たいせつなんじゃ。そのやさしい心を
みんな　わすれないでくれ。

さいごに　かつのは　人への　おもいやり
つまり、愛　なんじゃやなあ。
それが世界でいちばん　たいせつなものじゃ！」

そういって
まゆげ先生が
よろこんでいる
ときでした——
「ゴゴゴ……
ゴキワルダーZ
さんじょう！
おまえたち　みーんな
ふみつぶしてやるぜ！」

「こしゃくな！　えいっ　えいっ！」
まゆげ先生は、子どもたちを
まもるため、とくいの
しゅりけんを
とばしました。
でも、

かんたんに
はねかえされました。

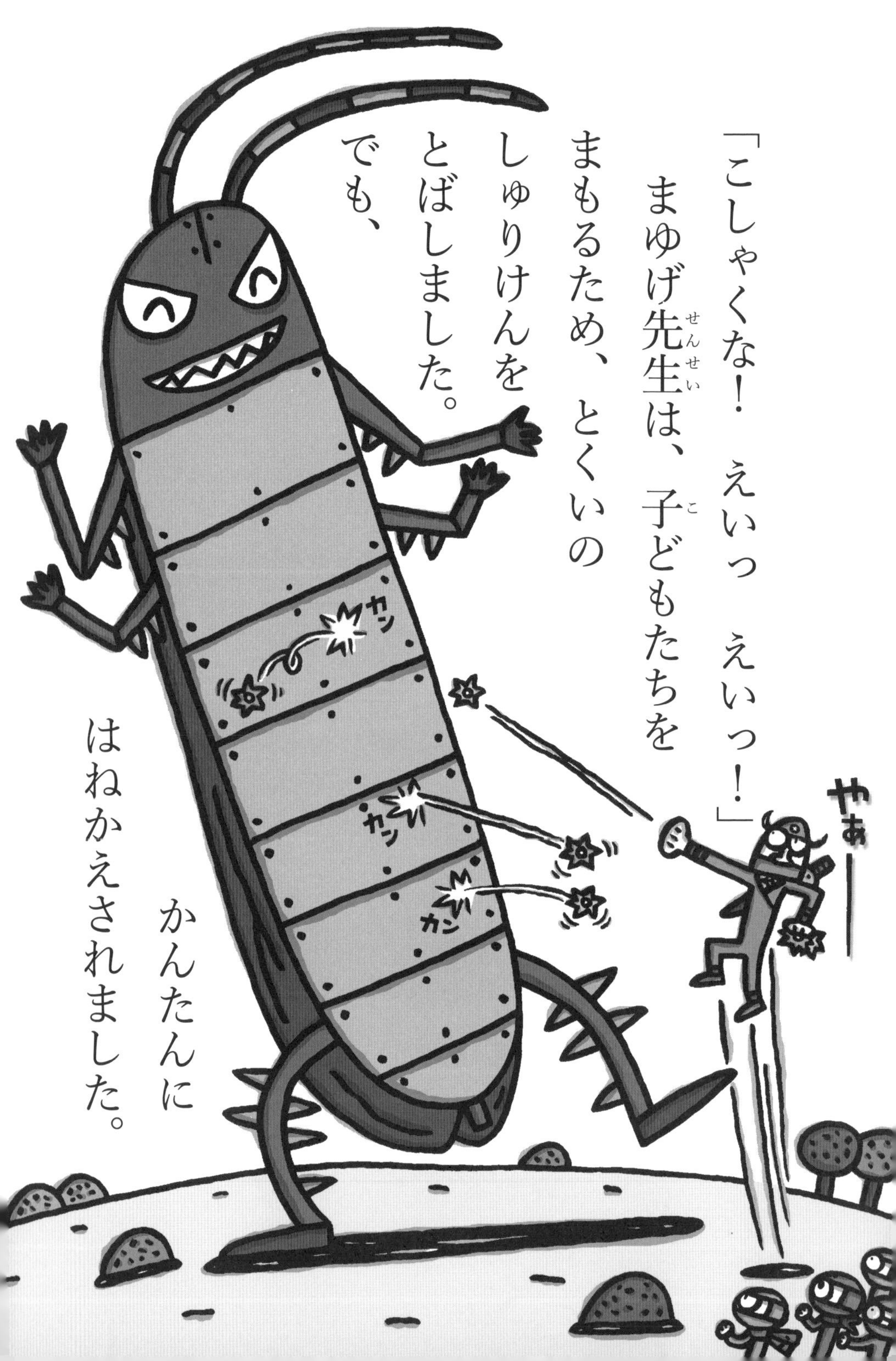

まゆげ先生の
けんさばき。
でも、ゴキワルダーZは
びくともしません。

まゆげ先生の
こうてつけんは
かたいてつでも　きれる

バッシーン！
ゴキワルダーZは、
しょっかくで
まゆげ先生を　かんたんに
なげとばして　しまいました。

そのあと、
ゴキワルダーZ（ゼット）は
おしりを　むけると
「ゴキZ（ゼット）おならガス
はっしゃー！」
ガハハハハ……
「ガハハハ……
きたない◯んちが
ねんりょうだから
かなりくさいぜ！」
プオ〜ン

そして、みんなが
ゴキZ（ゼット）おならガスで　フラフラに
なっている　ところを、

「ガハハ……みんな　まとめて
ふみつぶしてやる！」
みんなが『もうだめだー』と

思った　そのとき――
すすけが
フラフラしながら
ふくに　手をいれて
なにかの毛を
いっぱい　とりだすと、
「ふっ、ふー」
ふきとばしました。
すると――

すすけが　いっぱい　あらわれました。
そんごくうから　おそわった
ぶんしんのじゅつを
つかったのです。

「よーし　みんな、
ゴキワルダーZを
なげとばすんだー！」

すすけは　そんごくうと　あったとき、そんごくうの毛を　いっぱい　ひろって　もってきて　いたのです。

でも、なかなか
ゴキワルダーZを
たおせません。
そのときです——

すすけの　けらいに　なった
イヌ、サル、キジが
いっせいに　とびかかりました。
三びきは　ひっかいたり、
かみついたり、つっついたり、
ゴキワルダーZは　たまらず
ドッシーン！
「やったー！」
みんな　大よろこび。

でも……
「ガハハ……
このくらいで　まける
ゴキワルダーZ（ゼット）では
ないぜ！」
わるぞう先生（せんせい）が
そういうと、
バタバタバタ…
なんと　ゴキワルダーZ（ゼット）が——

はねを　ひろげ
とびはじめたのです。

「ガハハハ……この　はねの
ベトベトの　あぶらを
かけられたら、一しゅうかんは
ゲリが　つづくぜ！　ガハハ……」

「た、たいへんだ、よーし！」
すすけは、そういうと
じゅもんを　となえました。
「りくっそ　りくっそ
いざうゆちっさ
ぐっぴー！」
そして、すすけは、

ビッグな　さっちゅうざいに
へんしん
しました。
そのあと、

「さっちゅうざい　はっしゃー！」

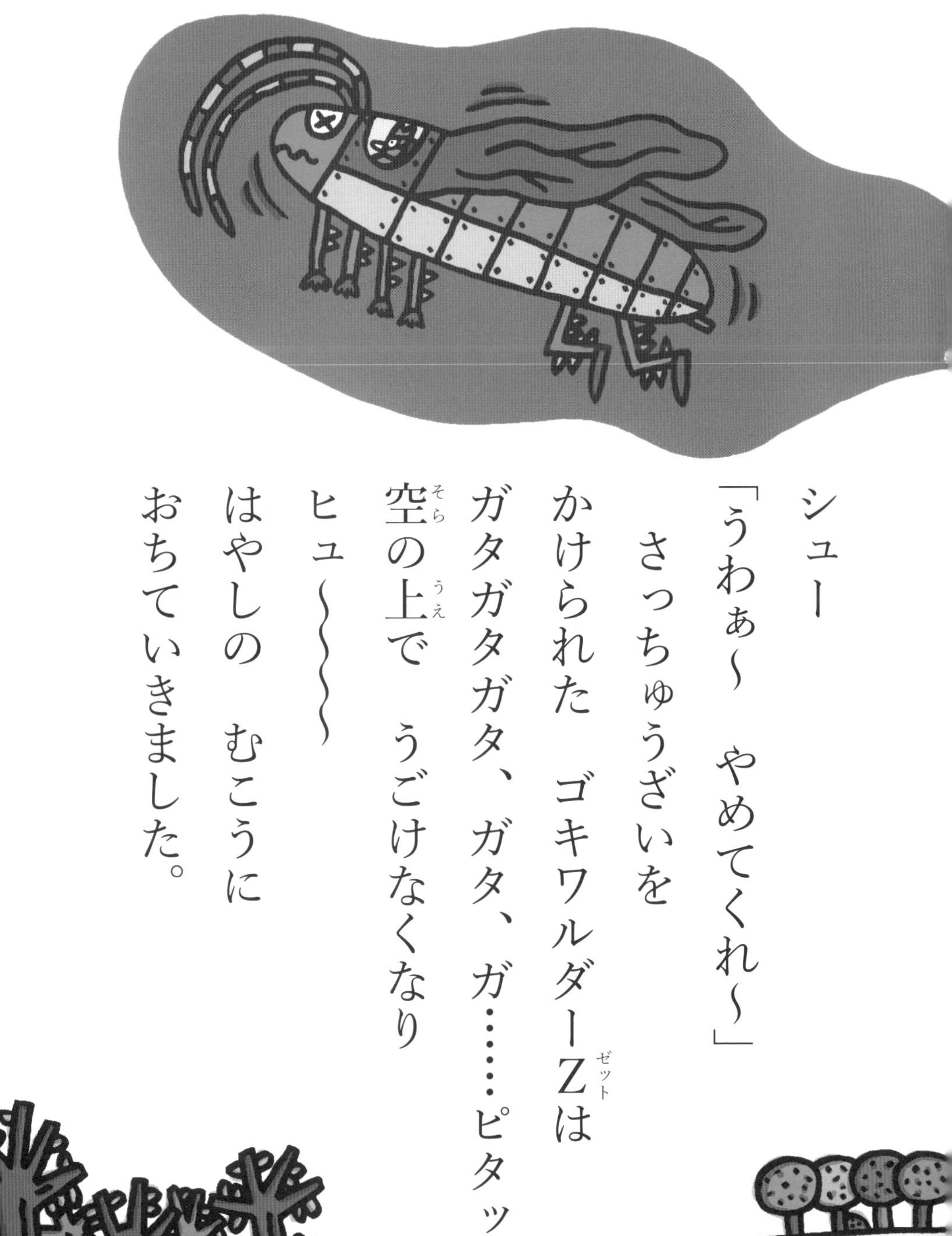

シュー
「うわぁ～　やめてくれ～」
さっちゅうざいを
かけられた　ゴキワルダーZは
ガタガタガタ、ガタ、ガ……ピタッ
空の上で　うごけなくなり
ヒュ～～～
はやしの　むこうに
おちていきました。

すすけたちが　はやしに
いくと、ゴキワルダーZが
たおれていました。
ガチャッ！
とびらが　あき、
なかから、わるぞう先生が
フラフラと　でてきました。

すすけたちは
わるぞう先生の　そばに
かけよると——

「だいじょうぶですか？」
「どこか　ケガは
していませんか？」
「いたい　ところは
ないですか？」
「あるけますか？」

「な、な、なんで……おれのことなんか　しんぱいして
くれるんだ……？　おまえたちを　ふみつぶそうと
したんだぞ……？」

わるぞう先生の目から
ポロポロと　なみだが　こぼれました。

すると　すすけたちは
いいました。

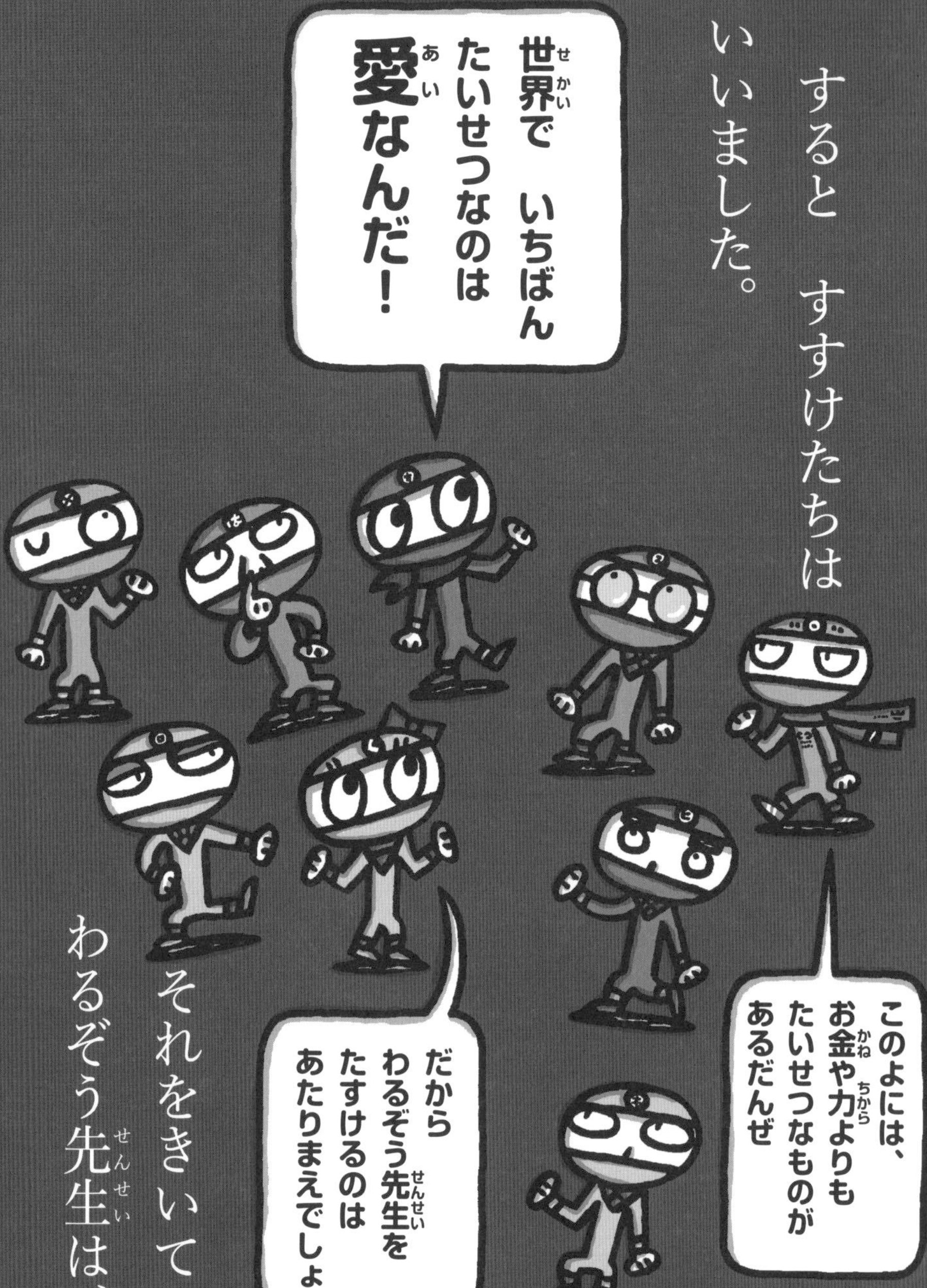

世界で　いちばん
たいせつなのは
愛なんだ！

このよには、
お金や力よりも
たいせつなものが
あるだんぜ

だから
わるぞう先生を
たすけるのは
あたりまえでしょ

それをきいて
わるぞう先生は、

「お、おれの……まけだ……」
そういって　トボトボと
かえっていきました。
わるぞう先生の　せなかを
みつめて　まゆげ先生が
ぽつりと　いいました。
「おまえたちの　愛が　かったんじゃ。
わるぞう先生の　心を　うごかしたんじゃ」

かんどうのナミダをこぼしている

「さぁ、みんな　教室に
もどって　つぎの
じゅぎょうじゃ」
「つぎは　『友だち』
について　考えてみよう！」
まゆげ先生の声が　はやしに
さわやかに　ひびきわたりました。
おしまい

宮西達也　［みやにし・たつや］

1956年、静岡県生まれ。日本大学芸術学部美術学科卒業。作品に『うんこ』(けんぶち絵本の里大賞・びばからす賞)『大きな絵本 にゃーご』(第38回造本装幀コンクール展読書推進運動協議会賞)『きょうはなんてうんがいいんだろう』(講談社出版文化賞・絵本賞)『ちゅーちゅー』(以上鈴木出版)、『帰ってきたおとうさんはウルトラマン』『パパはウルトラセブン』(ともにけんぶち絵本の里大賞、以上学研)、『おまえうまそうだな』(けんぶち絵本の里大賞)『ドロドロドロンキーとゆうすいくん』(以上ポプラ社)、『ふしぎなキャンディーやさん』(日本絵本賞・読者賞)『おかあさんだいすきだよ』(以上金の星社)、『シニガミさん』(えほんの杜)、『まねしんぼう』(岩崎書店)『サカサかぞくのだんながなんだ』『ニンジャさるとびすすけ』(以上、ほるぷ出版)など多数。

さるとびすすけ
愛とお金とゴキZのまき

作　宮西達也

2017年11月25日　第1刷発行

発行者　中村宏平
発行所　株式会社 ほるぷ出版
〒101-0051
東京都千代田区神田神保町3-2-6
電話 03-6261-6691
FAX 03-6261-6692
ホームページ　http://www.holp-pub.co.jp

DTP　島津デザイン事務所
印刷　株式会社シナノ
製本　株式会社ブックアート

NDC913／96P／ISBN978-4-593-53450-0

まちがいさがしのこたえ

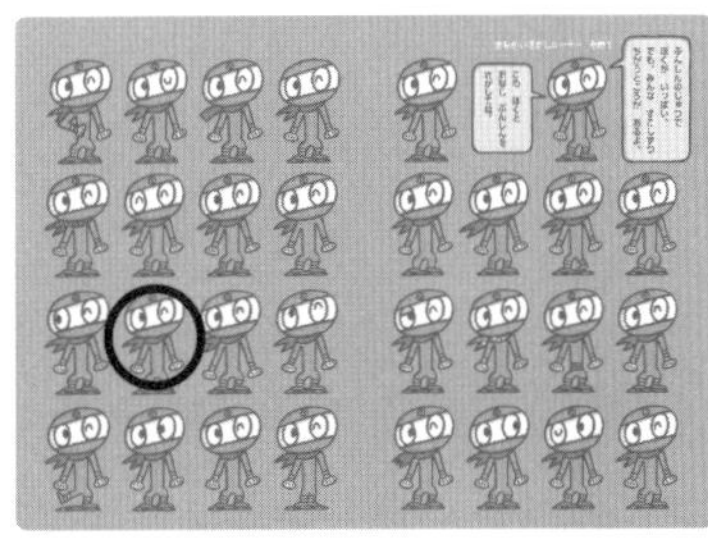

まちがいさがしコーナー　その2

おいらと　おなじ　ぶんしんを
さがしてね。